No hay nada más chistoso que LEER CON UN OSO

escrito por *Carmen Oliver*

ilustrado por *Jean Claude*

PICTURE WINDOW BOOKS

a capstone imprint

Publicado por Picture Window Books
una imprenta de Capstone.
1710 Roe Crest Drive
North Mankato, Minnesota 56003
www.mycapstone.com

Los datos de CIP (Catalogación previa a la publicación, CIP) de la Biblioteca del Congreso se encuentran disponibles en el sitio web de la Biblioteca.

Resumen: Adelaida no quiere que le asignen un compañero de lectura. Ella ya tiene uno y es perfecto. Solo tiene que persuadir a su maestra para que le permita leer con él, aunque sea un oso.

ISBN: 978-1-5158-4665-9 (hardcover)
ISBN: 978-1-5158-4684-0 (eBook)

Translated into the Spanish language by Aparicio Publishing

Elemento de diseño: Shutterstock: Ursa Major

Diseñador: Aruna Rangarajan

Printed in the United States of America.
PA70

A Caldwell Heights Elementary, ¡sigan leyendo y volando!
Y a Cassidy, Halle y Wyatt —¡los mejores compañeros de lectura que puede
tener una mamá!
— Carmen

A Skye, Calum, Sam y Fin, ¡sigan leyendo, amigos!
— J.C.

Al principio del año escolar, la Srta. Fitz-Pea asignó compañeros de lectura, pero a Adelaida no le hacía falta. ¡Ya tenía uno!

—No tengas miedo —dijo Adelaida—. Ven.

¡No se asuste!
—dijo Adelaida—.
Leer con un oso es
muy chistoso. Le voy
a decir por qué.

—Los osos saben oler
un buen libro
con sus grandes hocicos.

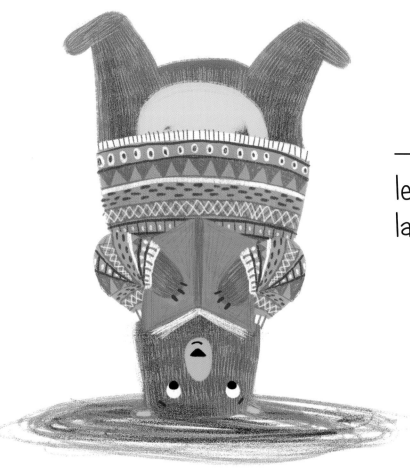

—A los osos
les encantan
las aventuras . . .

. . . y los misterios . . .

. . . y los
cuentos
de hadas.

—Saben construir lugares tranquilos donde nadie te molesta mientras lees.

—Se sientan a tu lado,
rodilla con rodilla,
con el libro en medio
para que los dos
lo podamos ver.

—Los osos escuchan
las palabras que lees
con sus oídos supersensibles.

—Y si te frustras, te dan
un cálido abrazo de oso.

—¡Ah! Y sus garras son perfectas para pasar las página . . .

. . . casi siempre.

¡Ris ras!

—¡Pero a no preocuparse! Siempre
llevan un frasco de miel para repararlas.

—Los osos saben que no debes
asustarte de las palabras difíciles.
Te animan a mirar los dibujos
y a tratar de entender.

—Y cuando lo logras...

—Se paran sobre sus patas traseras
y rugen para que sigas leyendo.

—Cuando llegas al final del libro,
los osos siempre se quedan con
hambre y quieren más, sobre todo
si son libros sobre salmones y bayas.

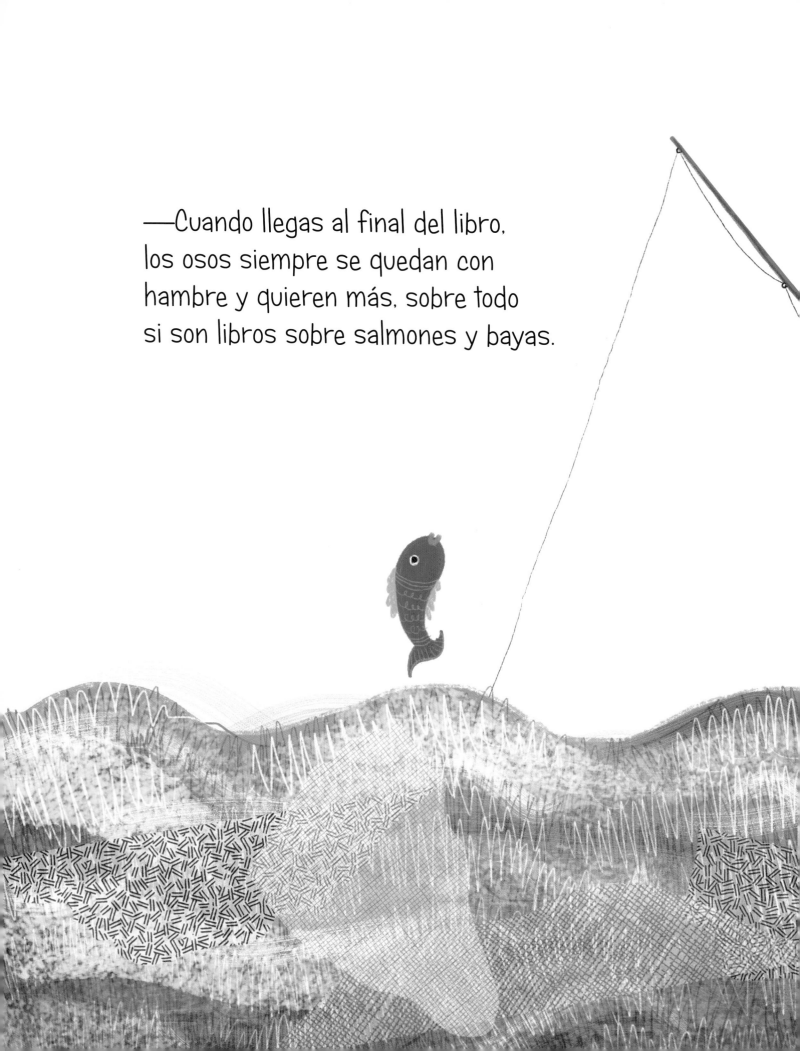

—Los osos saben que
si te gustan los libros,
vives un montón de aventuras
y puedes llegar muy alto.

—Y por eso, no hay nada
más chistoso que leer con un oso
—terminó diciendo Adelaida.

—Bueno, no te quedes ahí, Adelaida —dijo la Srta. Fitz-Pea—. ¡Dile al oso que pase!

—Te voy a leer —dijo Adelaida—.
Y después me lees tú a mí.

Y cuando Adelaida empezó a leer, el Oso
se acomodó y se perdió en el cuento.